KB062108

천년의
시 0067

마른나무는 저기압에 가깝다

천년의시 0067

마른나무는 저기압에 가깝다

1판 1쇄 펴낸날 2016년 11월 30일
지은이 한명희
펴낸이 이재무
책임편집 김연필
디자인 이영은
펴낸곳 (주)천년의시작
등록번호 제301-2012-033호
등록일자 2006년 1월 10일
주소 (04618) 서울시 중구 동호로27길 30, 413호(묵정동, 대학문화원)
전화 02-723-8668
팩스 02-723-8630
홈페이지 www.poempoem.com
이메일 poemsijak@hanmail.net

ⓒ한명희, 2016, printed in Seoul, Korea

ISBN 978-89-6021-306-7 04810
       978-89-6021-105-6 04810(세트)

값 9,000원

마른나무는 저기압에 가깝다

한 명 희 시 집

천년의시작

내 안에서
나무와 돌로 새와 일개 풀꽃으로 살다 간
친구와 애인과 이웃에게, 이 시집을 바친다

차 례

시인의 말

제1부

제1부

가나안

나는 눈이 없어 귀로 보지

머릿속에 입을 넣고 입속에 머리를 넣고

똥구멍으로 밥을 먹지

아침에 눈을 뜨면

다리 속에 내가 있어 나는 걷고

꿈인 듯 생시인 듯 생시인 듯 꿈인 듯

또 걷고 있지

가깝고도 먼데 멀고도 가까운데

젖과 꿀이 흐르는 너를 찾아서

눈도 없이 머리도 없이

듀얼 타임

꽃이 죽어 있었다
너무 싱싱해서 믿을 수가 없었다

나비는 나비끼리 춤을 추듯 싸웠고
그날도 바람은 틈만 나면 나를 울렸다

아무도 없는데 아마도 있는 것처럼
꽃들이 어둠과 빛으로 양분되는 사이

열 명이나 되는 형제들 속에서
봉숭아꽃에 물든 새끼손가락처럼

꽃들이 새롭게 태어나는 소리에 싸우던
나비들도 못 살겠다 떠나는 소리에

여름은 가을에게 꽃들은 열매에게
새로운 봄을 내어주기 위해 떠나는 지금

싱싱하게 죽은 꽃들 곁에서
죽지도 못하고 여전히 혼자인 나는

붉게 멍든 새끼손가락이었을까
바람의 자식이었을까

툭하면 나를 울리는 바람 앞에서
조금은 다른 빛 약간은 다른 색깔로
살자고 입술을 깨물던

왜

　물박달나무와 떼죽나무는 이 산속에서 살게 됐을까 노린
재나무와 당단풍나무는 언제부터 이 산속에서 노린재나무와
당단풍이라는 이름으로 소나무와 국수나무 곁에 서있게 됐을
까 신나무와 애기똥풀 곁에서 며느리밑씻개와 주름잎 곁에서
입술이 부르튼 저 여자는 또 언제부터 어쩌다가 손까지 부르
터 쩍쩍 갈라지는 천수답이 돼 있을까 사내와 자식들은 다 어
디로 가고 자루 없는 곡괭이가 되어 구슬땀만 흘리고 있을까
지리산 이 높고 깊은 피아골에서 저 인동덩굴은 왜 또 주저앉
은 돌담에 붙어 여자의 주름살이나 하지정맥류 같은 줄기만
키워 보게 하는 것일까 산수유 곁에서 조팝꽃은 피는데 연분
홍 진달래도 피고 자목련도 피는데

마른나무는 저기압에 가깝다 1

구름은 건조한 모든 것들을 비난합니다
계절에 관계없이

마른나무는 저기압에 가깝습니다
흙에 뿌리 박고 살다 거죽만 남은 당신처럼

아픔에는 어제의 눈과 비의 유전자가 흐르고 있다던
어느 노동자의 말이 새삼 마른 논에 물댄 듯 스며듭니다

꿈이라면 잠깐의 웃음으로 끝낼 수도 있겠으나

뙤약볕에 맺히던 땀방울은
등을 타고 흘러내리던 누군가의 눈물이었으므로

풍년이 든 들에서 상식적이지 않게
뼈만 남은 사람도 저기압에 가까운 나무입니다

나 또한 먹거리가 지천인 집에서 계절에 관계없이
속까지 메말라가던 때가 있었으므로

무엇보다도 흙에 뿌릴 박고 살다 거죽만 남은
당신의 눈썹 밑에 맺히는 빗물이던 때가 있었으므로

시끄러운 밤이 되어

새벽이 오기를 기다렸다

오래 묵은 손 하나를 가슴 안에 세워놓고
견디다, 견딜 수 없을 만큼 부대끼면 손을 꺼내 술잔 앞
에 세워놓고
쉼표도 물음표도 없이
흰 머리가 대전 발 0시 50분이 될 때까지

나무는
한줌 햇볕도 황금의 기타 줄로 톱날을 튕기는 제재소에서
걸핏하면 비에 젖는 제재목으로 있다가
세상은 잠이 들어 고요한 밤에도 홀로 시끄러운 밤이 되어

그러니까 바람 잘날 없는 톱날에 손 하나를 잃고
아버지가 이별의 말도 없이 떠나가는 대전 발 0시 50분이
되었을 때
의지依支요 희망이던 책을 떠나서 가세家勢 기운 집의 기둥
이 되었을 때

무정하게 돌아가는 시곗바늘을 뽑아 세상 밖에 던져놓고

대전 부르스만 되풀이해 부르는 기타가 된 나무는 바늘 없는 시계와

새벽이 오기를 기다렸다

대전 부르스를 좋아하던 아버지가

잃은 손을 찾아서 금방이라도 나타날 것 같았으므로

수석이 있는 방 1

돌에서 물비린내가 난다

40kg이 넘던 돌이
마른 북어처럼 가볍다

좌대 밑으로 눈물이 고인다
마치 요단강 너머 흑해 같다

갑자기 북어가 된 내가
그 눈물바다에서
윤기 없이 거친 돌을 닦는다

(……)

내 몸에서도 물비린내가 난다

눈에 보이는 모든 게 흑해 같다

독배포구 1

뻘밭을 걷던 물수리를 보았다 파도가
새떼처럼 날아다니는 방파제 앞에서 눈이 퉁퉁 부은
새끼들도 보았다

그렇게 말한 건 꿈에서 만나는 사람
아버지인지 동네 슈퍼 아저씨인지 어떤 여자의 치마폭인지
잊고 싶어도 여전히
잊어지지 않는

바다가 시뻘건 핏덩이를 뱃속에서 꺼내 허공에 던지면
  눈부셔라, 피를 보고 달려드는 어선과 번쩍이는 비늘 옷
을 입고
  싱싱하게 죽는 물고기 떼

날마다 죽는 목선도 있었다 작부의 술주전자를 껴안고
니나노가락에 취해 잠들던

엄마는 보이지 않고 발톱까지 발갛게 매니큐어를 칠한
암컷 물수리만 새끼들 속에서 울고 있는

꿈에서 깨고 나면

시큼시큼한 냄새와 생선비린내만 남는

아침을 먹는 저녁

　가을은 달리는 말처럼 얼마나 빠른 다리를 지녔는지
　주마간산으로 지나온 들녘은 먹다 만 시래기국처럼 거무
죽죽 차갑다

　철새인지 텃새인지 깨처럼 새까맣게 떨어지는 저 새들은
또,
　얼마나 많은 낮과 밤을 품고 풀어야
　살얼음 낀 들녘을 순하게 흘러갈 수 있는지

　밀서리 참외서리 풀피리로 망아지처럼 뛰어다니던,
　떠날 수도 머물 수도 없어서 봄부터 가을까지가 다
　한겨울이던,

　기억들은 동시상영관의 화면처럼 비가 내리고
　철새가 되어
　이 도시 저 도시를 전전하다
　빈 들녘으로 돌아와 아침을 먹는 고향집, 김이 서리꽃처
럼 피어나는
　저녁은 먹어도 먹어도 고프다

폐가

검게 그을린 먹감나무로 서 있다 한때 사람이었던 내가
햇볕 뒤에 숨은 그림자로
울타리를 빠져나온 것은 언제쯤이었을까?
울타리가 된 적이 있기는 했을까?

가까이 먼 곳에서 톱질하는 소리

백 년, 이백 년 전쯤에 목수가 살던
집에서
내가 사람으로 살던 방은 꽉 막힌 동굴처럼 습하고
캄캄해서 희망이니 꿈이니 성공이니
뜻도 모르고 적혀 있던 단어들은 벽에, 책갈피 속에
곰팡이 슬고 썩어
구역질나는 말로 변해 있다

사랑을 배우기 시작하면서부터
우두커니 달이나 별 보는 날 많아지던 마당에는
햇볕 등진 바람만 가득하고
목수가 등목 하던 수돗가엔
녹슨 물이 코피처럼 뚝뚝 떨어지고

한때 나를 사랍이게 했던 사람은
울타리도 없는 곳에서
가시만 남은
장미로 서 있다

뿐

누구도 애도하지 않는다 늘 죽고 싶어 하던 죽음에
사인死因은 있으나, 없다

어울리지 않는 국화꽃 속에서
밝게 웃는 그가 있을 뿐

그가 앉았을 자리에 앉아 고스톱을 치고 더러는
술을, 밥을 먹는 우리가 있을 뿐

그의 사물도 그를 추억하지 않는다

입을 대신하던 연필이나 수건 땀과 눈물이 배어 있을
노트와 책들, 때로는 살이 되고 칼이 되고
죄가 되던
밥그릇,
화장火葬을 준비하는
옷가지와 몇 장의 사진까지

한줌 재가 되기 위해 아침을 기다리는
밤과 밤이 있을 뿐

인도人道보다도 낮은 집에 내리는 저 눈처럼
물기를 머금고
소리도 없이 쌓이는 뿐과 뿐이 있을 뿐

죽으면 그뿐인
세상과

죽은 나무로 있을 때

이 나무의 무표정은 선천적입니다 조금은 무례하거나 무지해 보일 수도 있습니다만 신이 존재했다면 이 나무는 애초부터 술을 찾지 신을 찾진 않았겠지요 신이란 사랑이나 신용이나 주식처럼 보이지 않아야 믿을 수 있으니까요. 거듭 말씀드립니다만

이 나무에는 어떤 배후도 없었습니다 주위에는 허허벌판에 무덤 같은 두엄 더미뿐인데 찢겨진 비닐하우스와 녹슨 경운기뿐인데, 다만 저만 믿고 살던 몇 그루 크고 작은 교목과 관목 앞에서 확인되지 않은 루머만을 믿고 신의 존재를 확인하려 한 것이 문제라면 문제였겠지요

소문도 믿는 자가 많아지면 사실이 되는 것처럼

이 나무의 무표정은 후천적입니다 생각해보십시오 땅에 뿌릴 박고 흙이나 일구며 살 나무가 흙은커녕 흙냄새조차 맡기 힘든 객장에서 매일같이 전광판이나 컴퓨터만 들여다보고 바라보고 있었으니…… 묵주를 든 손에 수맥을 끊고 죽어가는 나무, 곁에서 내가 먼저 죽은 나무로 있을 때

꽃이 배달되었다 연말 폐장을 앞두고 허공에 뿌리던 주식 청약서나 폐기된 전표처럼 하얗게 핀 꽃들은 죽은 나무가 죽어서 다시 핀 꽃 같았다. (꽃도 잎도 다 진 채 봄길 걷다 멈춘 나무와 봄을 찾아서 계단을 오르내리다 지친, 나무의 한숨 속에 피워 문 담배는 죽은 나무의 명복을 비는 향불만 같았고)

모래의 증식

　손바닥만 한 집에 주춧돌이라도 되자던 것이 모래가 되
었다
　그리고 그는 알아차린 것이다

　빌딩과 빌딩 사이에서 먹는 저녁은 왜 짜기만 하고
　무감각하게 다가오는 이웃들은 껄끄럽기만 한지

　심장이 우는 밤이었다 석공의 망치를 들고
　그를 닮아가는 아이는 제 가슴을 두드리고 있었는데

　먼데서 지척에서 다가오는 기계음 속에 웃음소리,
　친구들의 결혼식과 피로연이 아이를 울게 하는 힘 같아서
　어디 다친 곳은 없니?……학교 다닐 때 사귀던 여자는? 묻
지도 못하고
　등을 타고 흐르는 땀으로 눈물을 대신하던

　그를 이웃들은 모르고 자식들도 모르겠지
　빌딩의 견고함이 세상을 계속 생각 없게 했으므로

　"아는 것이 힘이다"가 다는 아니었구나 아, 힘이기는 하

겠구나
　아이를 좌절케 하는

　돌 속에서 이러지도 저러지도 못하고 그는
　저를 닮아가는 아이를 껄끄럽게 지켜보고만 있었다

　돌 밖에선 꽃이 피고 있었는데
　아니, 代를 잇기 위하여 곱게 지고 있었는데

곁가지로 앉아

명부전 앞마당에 비 쏟아진다

내려치는 천둥소리에도 석등은 미동조차 없는데
비에 젖은 개오동나무만이 홀로 바람에 흔들리고 있다

끝도 없이 울리던 전화 벨소리가 뚝, 나뭇가지 부러지듯
끊기고
전화기가 손에서 가랑잎으로 떨어질 때

연리지가 되어 한 몸으로 살던 보살은 겉보다 속이 더 젖
어 있다

낙엽들이 부는 바람 따라 한곳으로 모이듯
흩어져 살던 피붙이와 이웃들이 법당 안으로 모여들 때도

죽비를 맞고 몸 밖을 빠져나온 빗물은 여전히 탑 주위를
맴돌고
이제는 없는 망자의 이름만 연등에 매달려 하얗게 허공을
흔들고 있다

회한인지 그리움인지

곁가지가 되어 그늘만 키우던 나는
부러진 나무만큼이나 몸 안쪽 패인 골이 깊고

골목 끝에 인형처럼

눈을 감으려면 뜨는 연습부터 하세요
다시 일어나려 해도 주저앉는 것이 먼저이듯이

모퉁이를 돌면 커피집이 있고
또 한 모퉁이를 돌면 백화점이 있는 거리에서

눈을 감고 알몸으로 다닌다고 늦게 밤까지
달빛으로 만든 하프나 뜯으며 콧노래를 부른다고
누가 마네킹을 보고 암적인 존재라 하겠으며
피도 눈물도 없는 놈이라서
술잔에 코를 박고
제 가슴을 쥐어뜯는 고통이 새벽까지 일을 해야만 하는 여
자의 종양 때문이다, 생각이나 하겠습니까

눈 한 번 감았다 뜨는 순간에도 옷들은 새롭게 태어나고
깁지 못한 궁핍도 자라서 붉게 붉게 장미빛 희망을 노래
하는데

마네킹으로 살 수밖에 없는 게 싫어서
눈에 피로 물든 실밥이 보이도록 삽질을 하고 모래를 퍼

날라도

　간구艱苟해지는 매일 매일이 싫어서

　차마 눈뜨고 더는 살 수 없다면

　심장에 펌프질이라도 하세요 저기 골목 끝에 인형처럼 춤
이라도 출 수 있게

　바늘귀에 몸이 꿰어 오늘도

　새벽까지 일을 해야 하는 여자의 내뱉지 못한 한숨을 위
하여

오류동

나무가 속을 파서 나를 먹인다
나무의 속을 먹고 자란 혈관들이 나뭇가지처럼 자란다 허
공에서 허공으로
뻗어나간 빌딩은 빌딩대로 나를 파먹고 자란다

내가 심은 나무도 내 속을 먹고 자란다 빌딩 속에 가지를
뻗고 푸르게
잎을 틔운다 나를 먹고 자란 줄기들이 세상에나 입이 쩍,
벌어질 만큼 큰
유실수나 기둥으로 자랄 때까지

하늘에 입을 대고 가끔씩 구름 위에 핀 꽃도 따먹으면서
너무나 달콤해서 때로는 쓴 웃음으로 입가심도 하면서

아버지가 꾸던 꿈도 그랬을까

그러나 언젠가는 나도 저 속 빈 나무처럼 속이 시커멓게
타 있을 것이다
개발이 묘연한 재개발지구에서 誤謬란 애초부터 어긋난
바람과 다름없었으므로

자식 대신 돌덩이를 끌어안고

속을 파서 나를 먹인 나무처럼 멍하니 하늘만 바라보고 있

을 것이다

묘목 심어 생계를 꾸려가던 아버지가 그랬듯이

군데군데 옹이 박힌 나무로 서서

그러니까 미스매치*

이 집은 언제나 시든 햇살과 유랑극단을 떠돌던
바람의 유전자를 지니고 있다

이 골목 저 골목을 거쳐온 식탁과 의자가
비좁게 앉아 서로의 가족임을 확인할 때

사람과 사람 사이에는 긴 불편이 쌓이고 있다
잠깐의 미소를 나누기 위해

보던 개그처럼 이삿짐 싸다 말고
듣던 연속극처럼

어느 날은 거리의 약장수로 또 어느 날은
뱃전을 맴도는 갈매기로

떠돌다 온 봉천동 낙성대 별은 없고 떠돌던 먼지들만 밤이
되기 위해 내려앉는
목구멍에 거미줄 칠 수 없어
대신 거미줄을 치고 있는 보따리까지

시든 햇살에 기대 하품이나 하고 있는 이 집에서는
오늘도 밥 씹는 소리만이 서로의 대화를 대신한다

모국어를 잊은 난민처럼 거뭇거뭇한 얼굴에
분칠한 자식들까지

머릿속에 머리를 넣고
귓속에 귀를 넣고

● 미스매치mismatch: 경제용어로 외환 자산과 부채가 규모나 만기 면
에서 균형을 이루지 못하는 상태. 사전에는 명사로써 부적당한 짝,
어울리지 않는 결혼.

제2부

뻔뻔하고 뻔뻔하게

밤이 되기 전에 밤길을 걸었다
낮이 되기 전에 낮길을 걸었다

돌이킬 수 없을 만큼 뻔뻔하고
뻔뻔하게

밤 없이도 밤이 되는 나라에서
낮 없이도 낮이 되는 세상에서

밤에는 시인으로
낮에는 주부主夫로 사는 사내처럼

낮과 밤이 되기 전에
낮과 밤을 걷다가

그렇게 낮이 되었다 밤이 되었다

뻔뻔하고 뻔뻔하게
뒤통수만으로 뒤통수를 치면서

얼굴 없는 얼굴이 되었다
누군가의

사막

바다 위로 모래들이 쌓인다, 출렁이는 무덤
아니 사막이다

벼랑과 벼랑으로 이어진 해변에서
출렁이던 바다가 목선을 물어뜯는 백상아리로 다가올 때

누구의 사막일까, 엄마를 잃어버린 아이는
두껍아 두껍아 새집 줄게 헌 집 다오. 노래를 부르다 잠
든다

꿈에서라도 헌 집으로 가고 싶어서

갈매기도 울까, 날까, 벼랑을 끼고 도는 바람을 타고
새집 찾아 목선을 탔던 아버지는 보이지 않고 오늘도

아이의 엄마는 구명줄을 붙들고 통곡하던 여자와
술 마시는 여자로나 울컥울컥 나타났다 다시 사라지는데

사막을 달구던 태양도 그만
피눈물을 보이며 제 쉴 곳으로 가려 하는데

또다시 모래들이 쌓인다
幼年인지 *流年*인지 착각처럼 찍히는 사진 속에서

어른이 된 아이는 아직도 헌 집을 찾아가고 있는데

리플레이

너 없이도 따뜻해질 수 있다는 게 어색하다

구름을 갈기갈기 찢어놓는 햇빛과는 다른 느낌으로
너의 눈빛이 다가올 때

머리에서부터 발끝까지
차가운 음악은 계속 되고 듣고도 이해할 수 없는
가사는 허공에 쌓이는 낱말

찬바람이 LP판의 바늘처럼 살 속을 파고드는 집에서
비둘기는 우는 데 익숙하고

삼키던 침과 부르튼 입술이 삐걱거리는 현재를 느끼고 싶어
우리는 서로를 소비하고 너무 빨리
볼륨을 높인 건 아닌지

얼굴도 없이
목구멍만 남은 내일을 위해
나는 나로부터 조금 더 멀어지고

밤은 이미 시작된 게 아닐까

무심해진 너와 내가
햇빛에 반기를 든 구름과 우레와는 다른 느낌으로
경계 없는 음역을 넘나들며

귀에 익은 아침이 올 때까지

아마도 번아웃 증후군[*]

개는 개 때문에 눈을 뜬다 고양이는 고양이 때문에 발톱을
세우고 나는 나 때문에 더 큰 상처를 받는다 봄 여름 없이 몸
을 불리고 조금씩 키를 늘려도 이웃집보다 작아지는 저를 보
면서 그늘만 키우고 있는 가로수처럼

길게 자란 어둠이 주린 개처럼 밥그릇 덮쳐올 때

술 취한 개는 있는데 왜 까망베르치즈나 와인에 중독된 개
는 없을까
스테이크를 먹다가 피 묻힌 포크처럼
빨간 손톱에도 시간의 피를 묻히면 고양이 발톱이 되는
걸까

양 같은 여자가 술 없이도 살 수 있는 세상을 위하여
자중하려 해도 자중할 수 없듯이
이를 갈아도 이만 갈릴 뿐 무엇 하나 달라진 게 없듯이

무릎을 곧추세운 채 절벽 같은 하루로 그늘만 키우고 있는
대부분의 나는 불이 꺼지고 나서도 눈에 불을 켜고 고양이는
고양이대로 개는 개대로 무언가를 할퀴고 물어뜯기 위하여

거리를 어슬렁거린다

빌딩이라는 우리에 갇혀서
한 남자를 떠올리다가 개가 되고 싶은 날이었다

거친 숨을 몰아쉬며 잠든 고양이를 우격다짐으로 물고 핥
다가

● 번아웃 증후군Burnout syndrome: 육체적 피로가 극도로 쌓였을 때
나타나는 자기혐오, 직무거부 등에 빠지는 증상.

독배포구 2

바위나 한 번 흔들어보려고 간다
어릴 때 숨겨두었던 눈물자루를 지고

수시로 시드는 꽃이나
소금밭이 된 등허리에 눈물도 나눠주면서

찾아간 바위에는 검버섯 이끼가 피고
찾아온 이끼는 그래도 바위의 꽃이고 싶어

생각 끝에 생각난 듯이 바람이 불었다
소금이 쌓이고 모래가 쌓였다

바위가 한번 움찔할 때마다
눈물은 자루만 남을 때까지 포구를 적셨고

모래는, 저 자체가 바위의 소금이며
이끼인 줄을 몰랐다

모래알이 바위 등허리까지 붙어 있는
독배포구

눈도 없이 귀도 없이

얼굴을 부비고 쭈쭈 빨고 핥는다 소리 없이
돌이 굴러와

껄끄럽게 부딪치고
부딪치다, 아파서 모가 난 소년은 볼살 통통하던 기억이
없고

미아린가 답십리 굴다리 아래선가
벌벌벌 벌서듯 떨고만 있다가
젖내가 고픈 밤에는
별을 씹다가

가랑잎이 구겨버린 원고처럼 굴러다니는 날이었다

사회부기자였던 사람이
어쩌다가 채석장까지 굴러가 돌로 살게 됐는지, 그리고
깨져서
이제는 가루가 되었을 여자는?

눈도 없이 귀도 없이

생각만 많아서 생각 없이 살다가

문득, 돌이 지나간 시간들을 꺼내보던 소년은
부딪칠 때마다 아파서
잊고 지낸 돌을 찾아 멀리 산속으로 가보는 것이다

이제 그만 나무와 꽃들 속에 바위와 새들 속에 정주定住하
고 싶어서가 아니라
집보다 감옥이 좋아서 걸핏하면 술병의 멱살을 잡고
경찰서 단단한 벽을 들이받던
돌을 떠올리며

샐러리맨처럼

넥타이를 매고 새벽같이

아내가 싸준 도시락을 들고

집을 나서는 나는 샐러리맨

처럼 경조사 핑계로 아내 모르게

용돈도 더 타내 쓰면서 더러는

한잔 한 얼굴로 퇴근하기도 하고

퇴근시간 늦춰 귀가도 한다

정리해고 당한 후

변두리에서 변두리로

이사 다니던 친구처럼

이제는 익숙해진 마을버스를 타고

졸거나 환승도 해가면서

시장과 공원 지하도

일이 꿈인 사람들과

꿈이 일인 사람들과

담배도 나눠 피면서 때로는

한숨도 나눠 쉬면서

진짜 샐러리맨처럼 나는 오늘도

주말이 오기를

손꼽아 기다린다

반지하

눈을 감는다 립스틱을 지운 암컷이
새끼를 갖고 싶어 할 때
수컷은 갈증을 느낀다
사막을 건너온 낙타처럼
술이거나 물이거나 벌컥벌컥 들이킨다
블라인드는 떨어지고 문 앞에서
립스틱을 다시 바른 암컷은
비상구를 찾는다 10초 20초 60초

해가 떴다 졌다, 밤 늦도록
술친구 찾아다닌 것밖에 없는데

취직은 강간을 저질러서라도
여자를 얻고 싶을 만큼 무지해야 하고
비상구는 비상약을 찾을 만큼
절박해야 나타나는 것인지 빌딩숲에서
모래알을 씹다가 술인지 물인지도 먹다가
눈 뜬 것밖에 없는데
꿈이라니
꿈이라서 정말 다행이라니

모래바람이 멱살 잡고 흔들듯
반지하 깨진 창문을 흔들다 간다

명암지

잎 푸른 나무들이 밑동 채 흔들린다
지진이 난 듯 쓰나미가 밀려오는 듯
타워빌딩은 붕괴되고
주차돼 있던 차들도 물살에 휘말린다
그늘집에 앉아 커피를 마시거나 오리배를 즐기던 사람들은
물에 젖은 수채화처럼 사방으로 흩어지고

숱한 물대포와
명암이 엇갈린 권력과 세월 앞에서도 용케 살아남은 내가
장난삼아 던진 물수제비 한 방에…… 난리도 이런 난리
가 없다
싶을 때 물살은 다시 잠잠해지고 밑동 채 흔들리던 나무도
자취를 감췄던 차들이나 타워빌딩도
서둘러 제자리를 찾는다

어떤 사건에도
내가 감당할 수 없는 물질과 권력은 이렇게 잠시 흔들릴 뿐
언제나
축의 중심에 곧추서 군림하는 것인지

물결이 부르르, 떤다

실업의 하루를 즐기던 내가 다시 돌멩이를 주워들 때

부레옥잠

둥근 돌이 떠 있다! 수면 위로 시커멓게 떠오른 돌은 뿌리 없이 떠돌다 세상을 등진 누군가의 뒤통수가 떠오른 듯 투명한 벽 속에서 투명하지 않게 흔들리는 의자와 의자 사이에서

떠 있는 또 다른 돌은 사무용 테이블과 의자의 투명하지 못한 수군거림 또는 서류를 들고 오르내리다 물먹은 뒤통수의 뒤통수에 대한 일어섬인 듯 가라앉았다 떠오르기를 반복하는데 투명한 벽속에서

투명하지 않게 흔들리는 의자는 그래도 의자였으므로 아까부터 누군가가 다가와 앉기를 흔들리는 중에도 기다리는 것인데 만질만질하게 그것도 빛이 나서 눈에 띄게 떠 있는 민머리는 누구?

햇볕을 등진 내가 플라스틱 수초만이 물고기처럼 떠도는 수족관을 발로 툭툭 건드리다 부글부글 끓는 마음으로 의자의 주인이 나타나기를 한 시간 넘게 기다리는 ○○면, 민원실

또 다른 감옥

누가 볼 세라 저문 밤에 오는 비
더 짙게 어둠을 적셔놓고 소리도 작게
베개 밑을 흐르는데

비 그치고 동트면 그녀는 또 누구와
일구다 만 텃밭을 가꿔야 하나

진달래 개나리 박태기
잎 하나 없는 가지에도 꽃망울은 맺히고
열댓 평 비닐하우스
얼굴 내민 푸성귀는 지주목이 필요한데

맑은 하늘에 벼락 맞듯 가장을 잃고
합의 안 된 합의서는 교통사고의
가해자와 피해자의 또 다른 감옥인데

젖빛 산봉우리 두 개 세 개 네 개 점점
골똘해지는 연유緣由처럼 선명히 다가오는 새벽

처마 밑엔 어둠이

떠나지 못한 그림자처럼 남아 있고

일구다 만 텃밭에는
베개 밑을 흐르던 빗물이 아직도
띄엄띄엄 고여 있네

대낮에 순간 별

펜트하우스에서 잠에 들었는데 눈떠보니 사막이었다

타클라마칸으로 간 낙타와 오아시스를 찾다가
호양나무 아래서 술을 마신 날처럼

무섭게 푸르던 하늘도 보이지 않아서
이정표가 된 여자와
일면식도 없이 커피를 마시다 체스를 두자고 달려드는 것
처럼

눈에 뵈는 게 없던 시절이었다

체스판의 기마병처럼 투구를 쓴 가로수와
기립한
계단들이
우후죽순처럼 자라는 아파트공사장에서
잘나가는 킹카가 되어 단숨에 펜트하우스의 퀸을 사로잡
는 꿈으로
모래밥을 씹다가

밤이 된 느낌으로 졸고 있을 때였다
대낮에

폭우가 쏟아지기 직전이었다

술에서 살다 온 아침

귀가 없는 벽 같다
기댈 곳 없는 방 같고 살만 붙어 있는 뼈 같다

그래! 그래서 너는 그렇게 물어뜯고 다녔니?
이빨도 없는 것이 이를 갈며 늦게 밤까지
침만 흘리고 다녔니?

아침에 눈을 뜨면
없던 담이 생기고 없던 사람과 계단이 앞을 가로막아
세상은

이제까지 없던 사람으로 살거나 담을 부술 다이너마이트 같은
아니 쥐구멍이라도 뚫거나 찾아야 할
드릴이나 현미경 같은
누군가가 필요한데

새벽부터 네발로 기면서 냉수나 찾고 있는 나는
살만 붙어 있는 뼈이기에
귀가 없는 벽이기에 오늘도

세상에 없는 짐승이 되어

슬쩍슬쩍 담 너머 가는 여자나 보고

마른나무는 저기압에 가깝다 2

어제는 운동 삼아 등산이나 하자던 것이
진달래꽃 같은 여자와 술만 바가지로 퍼마시다 왔다

또 어제는 유원지나 둔치에서 산책이나 한다는 것이
아까시 꽃내 나는 여자와 담배만 피다 왔다

봄 여름 가을 없이 그늘만 키우다
가지치기 당한 가로수처럼 도심 한쪽 길가에서
구멍가게로 살다가 재개발 도끼날에 찍혀 장작개비처럼
말라가던 나무는

마지막으로 할미꽃 같은 여자라도 만나 활활 타는 한 개 불
쏘시개라도 되자던 것이
어제도 또,
담배만 피다 왔다 술만 바가지로 퍼마시다 왔다

20년 넘게 다니던 직장에서 권고사직 당한 후 엄마가 긁는
바가지가 되어 술만 푸다간 아이의 아버지처럼

내일이나 또 내일이면 화장터나 장례식장 어딘가에서 한

줌 재나 연기가 될 것이었으므로

   나무는
   나[我]무는

위하여를 위하여

건배하자 모래 위에 눈 위에 노트 위에 적는 이름 위에 자라는 꽃이며 철새며 내장이 반쯤 썩은 꽁치 같은 우리들의 우정 위에 변치 않는 이율배반의 사랑 위에 지속되는 바그너의 무한선율 같은 고독 속에 행해지는 필연과 우연 속에 공연 중인 햄릿처럼 구역질을 하면서도 볼 수밖에 없는 무대 위에 최고였어요! 뜬금없이 추켜세운 관객들의 엄지손가락을 위하여

健拜라도 하자 서로 믿지 않는 신체 위에 행해지는 근친상간처럼 실패할 수밖에 없는 성공 위에 달리는 말 위에 채찍을 든 마음으로 써내려간 조서처럼 정신적으로 정서적으로 화합할 수 없는 법률 위에 기가 차서 기가 막힌 불면들을 위하여 행운을 빌게요, 촛불을 든 마음으로 늘 빌기만 하는 우리들의 내일을 위하여 위하여!를 외치는 내일과 내일들을 위하여

입추

매미가 울고 있습니다 늦게 밤까지

공원에서 울고만 있습니다

제3부

분수

분수는 분노 같은 것

가슴속에 치미는 울화를 참고 참다
무심한 하늘에다
퉤! 침 뱉듯 토해내는 것

왈칵
눈물이 되어 떨어지는 것

바람에도 마음이 있어

IMF 구제금융 때 아버지의 아버지 산 언덕바지에 있는
억새밭까지 팔아먹고
걷던 들에서 만난 강물에 뛰어들던 날에도
거칠어도 부드러워
마치 노모의 손길 같던 바람이나
당장 나가! 꼴도 보기 싫으니, 누구네 아비처럼
세차게 따귀를 후려치던 바람에도

술만 퍼마시다, 부질부질 간이나 죽이는 환자가 되어
누군가를 애타게 기다리는 기도에도
눈도 꿈쩍 않고
국기게양대에 의사 가운처럼 걸린 깃발만 춤추게 하던
바람에도

마음이 있어
갔던 그녀가 되돌아온 듯

아침부터 병실 넘어오는 이 라일락 꽃 향기에도
울 수밖에
없는 이 웃음에도, 발자국 소리 하나 없이 다가와

머리를 쓰다듬는

이 소금기 가득한 바람에도

터널

4월의 햇빛 아래 누더기 같은 구름들이
눈부시게 몸을 뉘었다 가는 하늘을 보면서
낮게 꽃대를 밀어올린 민들레와 별꽃도 눈부시게 푸른데

누가 만든 계단일까 부자들만 사는 성북동
계단으로 이어진 길을 내려오면서 나는 내가 좀 더 불량
해지기를
그의 집과 이름을 빼앗고 그처럼 살기를

연필 깎던 칼로 뼈를 깎으며
아래로 아래로 내려가고 있는데

"쉬었다 가지 내려가는 길도 만만치 않네"
그는 발에서도 해가 뜨는 구두를 벗어주며 말했다

나는 그것을 받아 신고 아무 말도 하지 않았다
그냥 걷기만 했다 좋아서 벌린 입을 다물지 못하면서도

입을 열면 나도 감당 못할 말들이
내려온 계단보다 더 높게 쌓일 것만 같아서

아침 해는 자라서 벌써부터

서른도 안 된 나를 오십 넘은 노년으로 비추고

경적을 울리며

시내버스가 지하도를 막 빠져나오고 있었다

캐내지 못한 울음

겨울이 되고서야 돌은 비로소 사람이 되었다 깨지고 부서져 날카롭게 모서리만 남은 돌은 언제부터 자신이 가루가 될는지 조상들이 지켜보는 땅에 개망초나 피게 하는 흙이 될는지에 대하여는 알지도 못하고 당장 굴러다니지 않게 된 것에 안도한 듯 아니면 사람이 되기 위하여 서울에서 금왕으로 연풍에서 문경으로 굴러다니던 때를 회상하며 간혹 웃고 있을지는 모르겠다 그러나

돌에게는 생각이라는 게 없어서 눈도 귀도 양심도 없어서 돌은 여전히 여자는 왜 머리가 파뿌리가 되기도 전에 떠나야 했고 까까머리 파꽃 같은 자식은 어디서 키워야 사람답게 살 수 있을지를 몰랐다 다만 어떤 벽을 들이받고 갱도를 까부수어야 저승꽃 핀 노모 얼굴에 시든 메꽃이라도 한 송이 피게 할까, 이제는 금맥 찾아다닐 힘도 의욕도 없어 스스로 굴러다니기를 멈춘 돌은 비로소 사람이 된 것에 만족한 듯 차갑게 식은 얼굴에 얼음장 같은 손까지도 환하다

이 겨울이 한창 꽃이 피고 있는 봄인 것도 곧 누군가의 캐내지 못한 울음이 될 것도 모른 채

할미꽃

어물전을 거쳐온 어느 바람에게 들었습니다

코흘리개 아이를 고아원에 보내놓고
소풍 나온 사람처럼 밝게 웃기까지 하던 당신은
간고등어처럼 염장으로 사셨다고

죽은 줄 알았던 풀들도 파랗게 되살아나고
뼈만 남아 있던 개나리와 진달래도
앞 다퉈 꽃을 피우는 젖가슴 같은 야산이었지요

코흘리개였던 아이는 지금 소풍 나온 자식들과
보온통, 뜨신 밥을 먹고 있습니다만

백발이 된 당신은 어디서 온 누구시기에
고개를 숙인 채 아까부터
돌보다 더 무거운 침묵을 드시는지요

아지랑이만 앞뒤 없이 자글자글 끓고 있는 봄, 날

스무 살 갈대

바람 탓만은 아니리
쓰러졌다 일어서기를 반복하는 것은
가릴 것도 덮을 것도 없는
다리 밑 먼지와
쇠파리뿐인 삶이라도 그래도 살아는 가야겠기에
자꾸만 주저앉으려는 저를
일으켜 세우려 안간힘 쓰고 있는 것이리
저렇게 산책 나온 발에 채이고 짓밟혀도
꽃대 부러지고 날카로운
잎은 찢겨 낮게 신음 같은 소리를 내도
어서어서 이 상처뿐인 시간이 지나가기를
이름 모를 잡초와 같이
기다리고 있는 것이리 씨 맺고 퍼뜨릴 때까지
비가 오면 비를 맞고
별이 뜨면 별을 보며
해가 반짝,
저를 찾아오는 꿈도 꾸고 있는 것이리

어쩌면 미스매치

눈물이고
웃음이고 어떤 때는
벽 같아서
뛰쳐나가기도 했던,
집에서 소주 놓고 먹던 천엽처럼
소똥 냄새가 구수하던
당신은

어쩌면 황소가
밭 갈다 멍에 벗고 꾸는 다른 꿈

아침에 눈떠보면
연분홍 수줍던 꽃들은 어느새 자취도 없어지고
서로 몸 포개 푸르게 잠들었던 잎들은
제각기 다른 하늘로 손을 내미는,
자귀나무 같은 당신은

어쩌면 다문꽃(閉鎖花)
물질 말고는 얘기할 게 없는 나라에서
할 얘기는 없고 수다만 늘어가는 게 싫어서

잘 살자 다짐을 쓰려다 유서를 써놓고
먼데 바다로 간 당신은

섬, 셀 수도 없이 많은
계단을 오르내리고 빌딩 속을 드나들어도
등허리에선 여전히 소금꽃이 피는
당신은

물의 정원

노래를 듣네
빗물이 뭉게뭉게 떠다니는 하늘
그 푸른 물의 정원에서
연주하는
물의 노래를, 참고 또 참아왔던
고통을 씻어내듯 줄기차게 쏟아지는
비의 울음 소리를
즐기네 물박달나무와 가뭄에
등껍질이 벗겨지던 자작나무와
잎들이 푸르게 치는 박수 속에서
피톨들이 붉게 팡팡 터지는,
크고 작은 꽃들과 같이
듣네
나 이제 그만 하늘로 돌아갈래!
솟구치던 분수처럼 물이, 빗물들이
바닥으로 떨어질 때마다
잠잠하던 내 안의 물줄기도 춤을 추네
소리도 굵게 저음으로 흐르는
실개천의 반주와 같이
마시는 농주農酒가 되어

트랙

트랙이었다 저가 저를 쓰러트려 터지는 쌍코피였고 화약
내에 울고 웃는 총알이었다 초등학교운동회 때의 우리들은
한권의 노트와 연필이 되기 위해 편을 갈라야 했고 짝꿍끼리
도 적이 되어야 했다 만국기가 춤을 추는 운동장에서 등수에
밀린 나는 이를 악물어야 했고, 그 후로도 계속해서 밀리는
등수에 친구들과는 다른 길로 달려가곤 했는데

세상은 둥글고 둥글어서 화약내에 취한 총소리는 엉뚱한
데서 다시 들려왔고 또 다른 운동장에서 어른이 된 우리들
은 누가 먼저랄 것도 없이 편짜기를 다시 해야 했고 이제 그
만! 멈추기를 세상은 빌었고 비는 속에서도 바뀌지 않는 서열
에 나는 또 코피를 흘려야 했고 중심을 잡기 위해 이를 악물
어야 했다

그래도 세상은 여전히 둥글어서 둥근 내 이마에도 어느새
서너 줄 라인을 근 트랙이 새겨지고 이렇게, 종 울음마저 그
쳐버린 폐교에서 무슨무슨 농민, 단체, 플래카드만 운동회
때의 깃발처럼 펄럭이는 이 낯선 풍경을 우두커니 지켜보고
만 있는 저 플라타너스도 부스럼 많은 제 몸 안에 또 하나 새
로운 트랙을 새기고 있을 것이다

만국기가 춤을 추던 그날을 기다리며

코스프레

기억하니? *기운 센 천하장사 정의로 뭉친 주먹*
마징가Z와 로보트 태권V
물고 뜯다가 어딘가로 사라진 강아지, 커가면서 늑대가
되어가던
너는 TV 속에서 우는 캔디를 슬쩍 빼내 신고
나는 만화방에서 먹다 만 캔디를 주인 몰래 신고

캔디는 좋겠다
깨지고 부서져 온몸 흙먼지가 되어도
달콤할 수 있어서 새콤할 수 있어서

소리도 힘차게 골목을 누비다 우주로
바다로 떠나던 은하철도999 장난감 대포와 물총, 나는 새
도 떨어트리던
민머리독수리와 동물농장 기억하지?
까르보나라 스파게티나 올리브 향이 아침을 깨우는 지금도
신촌인가
세종로 뒷골목에선가

시큼시큼한 술내와 화약내 나는

골목에서 누군가의 눈물도 대신 흘리다
웃음도 대신 웃다가
어른이 되어가는 슬픔에 몇 번씩이나
꾸던 꿈을 바꿔 꾸기도 하던

형들과 술래잡기하다 버려지는 꿈에
영영 못 찾는 건 아닐까, 전전긍긍하는 꿈에
먹던 케첩으로 피를 흘리며
쪽잠마저도 눈 뜨고 잘 수밖에 없는
너, 나
돌아보면 만화 같은

우리들 엄마, 아버지

등 떠밀린 새벽으로
주걱에 붙은 밥알로 여전히
아침 해가 떠오르기를 기다리는
미래소년 코난과 알프스소녀 하이디

폭풍속의 만남

　내 생을 두드리는 아르헤르츠의 "폭풍" 연주를 보다가 나
잠시 귀 멀고 눈멀었던 그때를 생각한다 피아니스트가 꿈이
던 그녀와 구멍가게라도 사장소리 듣는 게 꿈이던 시절의 내
가 한 몸으로 산다는 것은 마치 조율 안 된 피아노, 갈수록 불
협화음만 커질 것 같아서 그녀는 마지막 남자라던 나를 버렸
을까? 끊어진 현처럼 한 가닥 떨림도 울림도 없게 소식조차
아예 끊고 살았을까? 어느새 머리가 파뿌리 된 아르헤르츠
첫사랑과 닮은, 닮아서 아프면서도 기쁜 그녀의 폭풍연주를
이산가족 화상통화 하듯 TV로 보면서 듣는다 그녀와 헤어지
던 날의 파도처럼 격하고 부드럽게 때로는 자몽즙을 마신 듯
이 씁쓰름하면서도 상큼하게 듣는다 귀 닫고 그녀를 향해 떴
던 눈도 닫고 식충이로 살던 내가, 낡은 건반처럼 누런 이를
드러내놓고 검은 건반처럼 반음 낮춰 속삭이던 속내까지도
모두 드러내놓고 마침내 독백 중인 사람처럼 웃다가 울면서

신세계

숲속의 공주와 바오밥나무는 없어도 소나무와 떼죽나무 산딸나무에 층층나무 층에 층을 이룬 꽃들과 나를 부르는 휘파람새가 있어 홀딱 벗고, 홀딱 벗고를 외치는 검은등뻐꾸기와 하늘다람쥐도 있어 그것들과 같이 푸르게 박수를 치다가 노래도 부르고 듣다가 거저 마시는 계곡물에 버들치와 쉬리도 있어 큰멋쟁이나비와 도시처녀나비도 있어 나는 이곳이 꿈에서도 찾던 신세계인줄 알았네 구름도 쉬기 힘든 산비탈에서 허리 굽은 곡괭이와 호미가 없었다면 벌거숭이 아이가 땔감 들고 오는 너와집에 밥 짓는 노파가 없었다면 매연과 매석과 매음이 혼숙하는 시멘트 숲에서 담을 쌓고 벽을 쌓다 지친 나는 이곳이 정녕 내가 살다 죽을 마지막 신세계인 줄 알았네

노파 눈썹 같던 낮달이 한 개 잘 익은 바나나로 다가오는 저녁

이팝꽃

눈물로 만든 주먹밥에 나뭇잎이 붙어 있었다

그날 나는 집에 있었고
밥을 먹다가 목이 메어 술에 말아서 냉수 마시듯 했는데
울산바원가 용아장성에선가 암벽 타다 미끄러져
떨어지는 꿈을 꾸고 있었고 그날 너는
떨어지면서도 먹던 주먹밥을 손에서 놓지 않았는데

그때도 나는 집에 있었고 꽃핀 이팝나무 아래서
밥타령하는 너와 같이 생라면을 땀방울로 끓여 먹으며
지리산을 종주하고 있었고
비가 국수가닥처럼 내리는 날에도
감사합니다 하나님 이렇게 물에 말아먹게 해주셔서
너스레를 떨며 주먹밥으로 백두대간 종주하던 때를
개선장군처럼 떠벌이고 있었는데

누군가의 비명 소리
절벽을 빠져나온 메아리처럼 들려 돌아보니
에베레스트 사우스서밋 근처에서
온몸이 이팝꽃이 된 네가

주먹밥을 먹지도 못하고 입에 물고만 있었는데
그날도 나는 집에 있었고
岳友인지 惡友인지 몇몇이 TV를 보다가
밥 좋아하는 너를 안주 삼아 그때도
술을 마시고 있었는데

진눈개비, 떨어지던 이팝꽃처럼 내리고
방송국으로 달려가던
길에는 눈[雪]물로 만든 주먹밥에 나뭇잎이
저승돈처럼 붙어 있었다

벌초

채송화 돋는 싹에서도
어미 품을 찾던 병아리 발자국이 생각나고
고사리 목이 긴 새순에서도
엄마 쪽진 머리 비녀 생각이 나
시를 쓰고 밤새
잠을 설친다는 놈이
제 아비 산소에 핀 꿀풀과 별꽃과 닭의장풀
바랭이에 땅빈대 제비꽃과 냉이꽃 개망초
달맞이꽃 씀바귀 쇠비름 며느리밑씻개
…… 애기똥풀 양지꽃

보이는 족족 호미로 파고
뿌리째 뽑고 있으니
병아리 같은 지 자식 손까지 빌려
쥐어뜯게 하고 있으니

글렀다 좋은 시 쓰기는 글렀다

해줄 것 없는 아비가 시 쓴다는 저를 위해
이 풀 저 풀 저 꽃 이 꽃

봉분에 계절階節에 키우고 피우고
기다린 줄도 모르니

언젠가 동백 숲

파도였다 시퍼렇게 피멍 든
사람과 사람이 어망과 드잡이하던

봄은 언제나 추웠다

저녁에는 코피를 닦고
아침에는 제 혓바닥을 닦는

다도해 어느 섬의 얘기다

새끼 떠난 집에서
동박새가 울던

격투기선수는 이렇게 말했다

보자, 우리 좀
보며 살자

스마트 폰을 보듯이 그렇게
시도 때도 없이 보자는 게 아니다

이제는 길거리 서서 먹는
술안주조차도 되지 않을 노동자의 시위나
노숙자를 보자는 것도 아니고

비가 실성한 여자 머리카락처럼 내리는 날

유리벽에 갇힌 마네킹처럼 서 있다
쓸데없이 슬퍼서 쓴, 시를 보자는 것도 아니다

웬일로 이 나라가 싫을 때, 싫어서 몇날며칠
술 퍼먹고 미친개로 살아도 살 수밖에 없을 때

그럴 때, 산이든 바다든 하늘이든 만장輓章 가득한
구름 속이든

우리 좀 보면서 살자는 거다

뛔뛔 침도 뱉어가면서 가끔은
씨팔조팔 욕도 해가면서

제4부

환절기

편안했나요? 모두들
불편하셨나요?

가지치기 당한 나무로
거리의 일개 관상수로

봄을 기다리는 저는

편안해서 모든 게
불편했습니다만

소각장에서

일기장이 보인다 최루탄에 쫓겨 다니던
세종로, 뒷골목
된장 끓는 냄새로 우리를 환하게 울리던
할매집도 보인다
눈물인지 콧물인지 우리가 찾던 봄은
국방색 천막 안에서 빛나고
밥 찾아 떠돌던 나는
불만 없이 산 사람처럼 웃고 있다
빛바랜 수첩 속에서

꿈도 잊은 듯 멍하니 있다가
남산 길을 걷듯 소나무 숲 지나간 아뜨리에

저를 그리는 데 실패한 친구가 날개 꺾인
비둘기를 권총처럼 그리고 있는
당산나무와 십자가와 공장굴뚝들이
형제처럼 서 있던, 언덕과 판자촌 뒤로는
70년 초의 우리집이 탄재에 파묻혀
돋보기를 잃은 눈이 보는 듯 흐릿하다
갈수록 꿈만 쌓이는 게 싫어서 떠났던

책상 위엔
아직도 안개꽃이 물기 없이 만발하고

태워도
태워지지 않는 여인은
낯익은 방에서 낯선 남자와 춤을 추고 있다
가꾸던 꽃밭에서 낯선 꽃이 피어나듯

억새, 여름 이후

늘 궁금했다 최루탄을 앞세운 바람에도
물폭탄에도 허리 꼿꼿하던 네가
절벽 끝에 입을 대고
까마득히 떨어지는 땀방울로 근근이 목을 축이던 네가
도착하지 않은 시간을 위하여
바라고 빌어왔던 모든 게
군화가 밟고 지나간 집에 피던 과꽃 같아서
언 몸이 불덩이가 된 채 걸핏하면
들에 나가
온종일 서슬 푸른 들이 되던 네가
어느 날 뙤약볕 아래 삽질하던 농부들의 물을 찾다가
저수지에 비친 제 모습이 끝도 없이 미끄러지던
낭떠러지, 능선 같아서
산속으로 들어갔는지
심해 어디로 잠수를 탔는지 오늘도
수취인불명의 주소가 되어 되돌아오고 되돌아오는 네가

백발이 되어 흘린 눈물인 듯, 땀인 듯
날카롭게 뼈만 남은 줄기마다
이슬방울 수정처럼 맺혀 있는 네가

수석이 있는 방 3

매의 눈으로
매를 보았다

빨간 깃털의 시치미가
어떤 여자의 머리핀 같았다

어디서 사니?
뭐 먹고 사니?

다시 눈을 떴을 때
아무도 없는 방에서

혼자, 말걸기를 그만두자
매를 보던 매의 눈도 사라졌다

길게 자란 매의 발톱만이
제 몸을 감싸 쥐고 있을 뿐

돌에 붙어살던 풍난이 하나
꽃을 피우고 조용히

나를 보고 있을 뿐

모르겠다, 빨갛던 시치미가
왜 하얗게 변해 있는지

빙판길에서

피아노를 만났다 너무 까매서 연탄 싣고 가던 리어카인
줄 알았다

어떻게 지냈니? 추위에
어깨를 두드리고 피아노 페달 밟듯 발로 툭툭 건드려도 시
커먼 외투에 얼굴을 묻고
그냥 웃고만 있는

모처럼 만난 동창모임에서 부르는 노래도 쇼팽인지 그리
그인지
솔베이지만 고집하던

꽃밭에서 꽃을 잃고
꿀을 찾던 나비를 잃고 독일인지 파리인지로 날아갔던,
기억은 없고
소문으로만 남아서 솔베이지 이름만 들어도 귀가 먼저 반
기던 친구

독일인지 파리인지에서도 찾던 꽃과 꿀은 없고 추위와 궁
핍에 떠는 벌새들만 남아서

제 가슴만 두드리다 온 건지 또는 내가 모르는
어떤 삶이 저를 두드리다 간 건지

탄재가 내린 눈보다 더 많이 길을 차지하고 있는 미아리
고갯길에서 나 오늘 삶이 조율 안 돼 걸핏하면 미끄러지던
피아노를 만났다
첼로도 없이 빈 케이스만 남은 여자와

다시 오류동

하루에도 몇 번씩
독감에 시달리던 이 거리

눈과 비를 가득 품고 있던
강둑이 터진 느낌이랄까

겨울과 가을이 오는 언저리에서
허공에 되나가나 붓질하다 쓰러진 억새 같달까

고열에 시달리는 낮달처럼
흰자위만 드러난 동공으로

밤이 오길 기다리던 이 거리

바람의 가쁜 숨소리를 듣다가
동시다발적으로 떨어지던 꽃처럼

고압선에 목을 매고
겨울이 가길 기다리는 나목裸木처럼 지금도

허공에 탯줄을 걸고 하루에도 몇 번씩
추위에 떨어야만 하는

성지순례

안과의사가 좋게 보였다 갑자기
아리고 쓰린 것이 곧 눈이 멀 것만 같아
사흘이 멀게 찾아다니다
그만 치과 의사도 만나게 되었다
이를 악물고, 통증을 참아가면서
개나리와 진달래꽃이 역병처럼 번져
세상이 온통 붉고 노랗게 곪아터진 줄도 모르고
이 병원 저 병원을 기웃거리던 그는
정형외과 의사도 만나게 되었다
안 되는데 이러면
정말, 아내와 자식들 볼 낯이 없는데
의지와 상관없이 피게 되는 바람처럼
비가 오는 날에도
눈이 와, 철모르는 나비처럼
손주들이 뛰어놀자
저승꽃 핀 손에 붙어 떨어지지 않던 날에도
그는 술에 취했는지 약에 취했는지
지팡이를 자식 삼아 비뇨기과를 드나들게 되었고
똥구멍이나 내장 같은 것들도
믿을 수 없을 만큼 믿는 마음으로

들여다보게 되었고 살뜰히
보살피게 되었다

아내보다 더
자식보다 더, 애지중지하게 되었다

차가운 밤의 증식

세상은 왜 저 은행나무처럼 노랗게 떨어지는 잎들이
　싱싱하게 붙어 있는 열매들을 살찌게 하는 구조로 만들어
졌을까

머리를 콕콕 찌르며
나를 바닥으로 패대기치는 이 고뿔은 또
어느 구름 속을 떠돌다 내게로 떨어진 가을일까

천고마비는 내 삶이 살찌는 게 아니고
높고 푸른 하늘은 내가 가야 할 종점인데

바람 같지 않은 바람에도 너무 쉽게 흔들리는 사시나무
빈 몸이다

해종일 걷다 생각하니
어둠 속에서 아직까지 흔들리고만 있는 나도
빈 몸, 대나무처럼 안에 든 것도 없이 마디마디 담을 쌓고
위만 보고 살아온

고향집 뒷산에 올라 별이라도 헤어볼까, 하늘 쳐다보는데

아– 달 같은 비로소 달 같은 둥근달이
실핏줄까지 모두 드러낸 채 환하게 웃고 있다

사람 같지도 않은 나를 빤히 내려다보며

먹구름
—겨울 무심천

눈은 왜 늘 그늘 섞인 구름을 통해서만 저를 드러내는지
태양을 등지고 간 사람처럼
언 몸으로만 나를 만지게 하는지, 느끼고 젖게 하는지

지나치던 바람 대신 갈대가 운다 실직당한 어느 가장처럼
들리듯 말듯
몇 올 남지 않은 머리칼을 휘저으며

흘러가기를 멈춘 물속에서
오돌오돌 떨고 있는 너를, 보고 있는 얼굴
시커먼 나를 보면서

우는 갈대는 순하게 흘러가지 못한 누군가의 수군거림
또는 죽은 자의 노래일지 모른다
문득 쫓기듯 머물다 간 계절들, 생각만으로도 가슴이 먹
먹해지는

겨울 無心川, 그저 무심하게 흘러가라는 말씀인지
그냥 생각 없이 앉아 있다
눈이나 실컷 맞다 가라는 동사動詞인지

사납게 내리는 눈은 이제
허공에 길을 내다 쓰러진 갈대까지도 볼 수 없게
지우고 또 지우는데

저기 어둠처럼 내려앉는
철새들의 하늘길은 또 어쩌자는 것인지

가창오리

서해대교 가다 말고 삽교천
수천 수만의 크고 작은 색종이
붉게 푸른 하늘을 무대삼아
카드섹션을 펼치고 있다

시베리아 캄차카반도 광활한 지역에서
배운 대로
익힌 대로
연출하는 가창오리들의 공연!

바이칼 호도 가보지 못한 나를 위한 무대
서해대교 가는 것도 거기서
옛 사람을 만난다는 것도 잊은 채
바라보는데 꼬리 물고 오던 차들도
하나같이 넋이 나갔는데

조명을 담당했던 해가
서해대교 쪽으로 넘어간다

커피 칸타타 2

—경포에서

턱을 괴고 앉아 바흐, 커피 칸타타를 들으며

커피를 마시다 말고

새침하게 라떼 빠는 저 여자

저 여자를 빠는 빨대이고 싶은데

내 안의 핏줄 모두 뽑아

단가 쓴가, 발끝부터 손끝까지

모두 빨고 싶은데 지그시 눈 감고

라떼 빨던 저 여자

단맛 쓴맛 다 본 건지

나를 흘끔 보고 일어서 나가는데

비슷한 듯 다른 여자들이 들어온다

닫혀 있던 문이 열릴 때마다

불쑥불쑥 들어온다 네팔 말레마을 커피나무처럼

푸른 상의에 아랫도리가 다 드러난 여자

설익은 커피콩처럼 얼굴이 연분홍인 여자

스팀밀크처럼 흰 천을 두른 여자까지

빨대를 꽂고, 속으로

맘껏 콧노래를 부르는데 왈츠를 추다가

미뉴엣으로 분위기를 바꿔도 보는데

아메리카노처럼

건강미가 넘치는 구릿빛 사내가 들어오고
엎질러진 카푸치노처럼 거품 문
파도와 같이, 지던 夕陽까지 달려든다
여자 빨던 나보다도 더 붉게

시 속의 나

한 잔 커피가 되었다
광장, 또는 뒷골목 어딘가에서

버럭버럭 들이키는 술들과 술들의 담배와
물음표도 쉼표도 없는 언쟁에서 밀리고

흠씬 두들겨 맞는 샌드백으로 있다가
퉁퉁 부은 입안에 돋는 혓바늘로 있다가

마침내 까칠까칠한 활자로
구경거리가 되었다

루이비통과 벤츠와 샤넬이 활보하는 거리에서

맨땅에 헤딩하던 주먹과
주먹들의 펴보지도 못한, 꿈들의 꿈으로

도시 한쪽 변두리에
시도 때도 없이 우는 문풍지로

등

등을 사랑한다

누군가의 회초리보다 눈초리가 더 두려운 세상에서

실제보다 더 많이 등을 보였고 실제보다 더 많은 등을 만났
으며 같은 등을 구부려 매번 같은 인사를 하는 나는

등 돌리고 간 등이 좋아하던 풀반지나 바람의 부드러운 등
에 기대오는 꽃향기보다
불쑥 내민 명함 한 장으로 나를 기대게 하던 등처럼 핏빛으
로 물든 스테이크나 와인 같은 포만감을 좋아하고
황금의 촛대와 호피를 걸친 말등을 좋아한다

해가 뜨고 또 해가 떠도
눈앞이 캄캄하던 집에서 등짐이자 등불이었던 나는

60년을 울어도, 울어도 멈추지 않는 이산離散의 아픔 속에
서도 자식들 발등에 떨어진 불을 끄느라 눈만 뜨면 어물전으
로 달려가던 새우등을 사랑하고 결국은 서로의 등에 총부리
나 겨눌 나라를 위하여 가족을 등진 채 38선 어디선가 개죽

임 당한 아버지

　그 기억에도 없는 묏등을 사무치게 미워하면서도 사랑한다

　비단옷에 등을 대고 사는 지금까지도

해지자 방금 달

누가 먹기도 전에 버렸을라나 한 개 잘 익은 유자

입술, 가까이 가보는 것인데 잇몸과 잇 사이
참을 수 없어
흘리는
침이거나

가슴속에서 파도치던 밀물과 썰물

누군가를 울리고 신물 나게 하던 땀처럼 짜면서도 달콤한,

*유자나무가시에 찔려 손가락도 마음도 성할 날 없는 여자
가 환갑이라고 자식들의 손을 잡고 떠나는 여행처럼*

달콤한 이런 날이 있어 허공과 마주한 찻잔에도
달은 뜨고

해변도 팬션도 노랗게 물드나

검버섯 피듯 저무는 모슬포

견고한 내면에 출렁이는 서정의 위의威儀
—한명희의 시 세계

유성호(문학평론가, 한양대 국문과 교수)

1.

서정시는 시인 스스로 자신의 삶과 마음을 돌아보고 표현하는 성찰적 속성의 언어예술이다. 그래서 서정시의 가장 심층적인 동기는 자기 탐구와 확인의 과정에 있고, 시인들은 이러한 과정에 따르는 기쁨과 두려움을 경험하게 마련이다. 이처럼 서정시는 절실한 자기 탐구의 결과를 함축적 언어에 얹어서 세상에 내놓게 된다. 그러나 이러한 자기 탐구 과정이 일종의 나르시스적 도취나 몽상에 머물러서는 좋은 서정시로 완성되기 어려울 것이다. 왜냐하면 좋은 서정시는 자기 확인 과정에 따르는 진솔한 고백과 구체적 경험이 읽는 이들로 하여금 사유의 성층成層을 한결 더 깊게 가지게끔 해주어야 하기 때문이다. 그러한 성층이 바로 서정시를 쓰고 읽음으로써 얻게 되는 시적 소통의 구체적 결실인 셈이다.

한명희 시인의 두 번째 시집 『마른나무는 저기압에 가깝다』

(천년의시작, 2016)는 첫 시집 『마이너리거』(지혜, 2013) 이후 3년 만에 펴내는 결실로서, 시인은 내 안에서/ 나무와 돌로 새와 일개 풀꽃으로 살다 간/ 친구와 애인과 이웃에게"(「시인의 말」) 건네는 언어임을 강조하고 있다. 이처럼 자신의 내면에 출렁이는 시간에 대한 회감回感에 의해 발원하는 그의 시 세계는, 지상의 소중한 존재자들을 향한 짙은 사랑의 마음에 의해 뒷받침되고 있다. 그래서 그의 시편은 지나온 시간에 대한 기억을 바탕으로 하여 자신의 삶과 경험에 대한 절실한 고백을 이어감으로써, 서정시의 미학적 완성도를 높여가고 있는 세계로 다가온다. 그만큼 우리는 한명희 시편을 통해 가장 오랜 존재론적 기원을 상상하는 일과 아름다운 시를 쓰는 일이 고스란히 겹쳐 있음을 알게 된다. 그리고 그의 시편이 구체적 경험의 결을 통해 감각적 실재를 넘어서면서 영혼을 충일하게 하는 미학적 비전(vision)으로 가득 차 있음을 경험하게 된다. 이제 그 세계 안으로 한 걸음씩 들어가보자.

2.

먼저 우리는 한명희 시인이 뭇 자연 사물과 적극 친화하면서 그 소통 결과를 은은하고도 깊은 파동으로 옮겨놓는 세계에 주목할 수 있다. 이때 한명희 시편은 자연 사물을 통한 깨달음의 경험을 노래함으로써, 시인으로서의 자의식을 첨예하게 드러내게 된다. 물론 그러한 경험을 매개하고 표현하는 '서정'의 원리는, 삶의 저류底流에 흐르는 본질적 고갱이들을 순간적으로 파악해내는 힘에서 생성되는 것이다. 그만큼 그의 시편에는 역동적 상상력과 감각이 다양한 문양으로 펼쳐져 있는데, 그러한 상상력과 감각을 구성하는 일차적 소재가 바로 '나무'일 것이다.

구름은 건조한 모든 것들을 비난합니다
계절에 관계없이

마른나무는 저기압에 가깝습니다
흙에 뿌릴 박고 살다 거죽만 남은 당신처럼

아픔에는 어제의 눈과 비의 유전자가 흐르고 있다던
어느 노동자의 말이 새삼 마른 논에 물댄 듯 스며듭니다

꿈이라면 잠깐의 웃음으로 끝낼 수도 있겠으나

뙤약볕에 맺히던 땀방울은
등을 타고 흘러내리던 누군가의 눈물이었으므로

풍년이 든 들에서 상식적이지 않게
뼈만 남은 사람도 저기압에 가까운 나무입니다

나 또한 먹거리가 지천인 집에서 계절에 관계없이
속까지 메말라가던 때가 있었으므로

무엇보다도 흙에 뿌릴 박고 살다 거죽만 남은

당신의 눈썹 밑에 맺히는 빗물이던 때가 있었으므로

　　　　　　　—「마른나무는 저기압에 가깝다 1」 전문

　이번 시집의 표제작이기도 한 이 시편은, '저기압低氣壓'이
라는 비유적 차원에 '마른나무'가 접근함으로써 빚어지는 우
화적寓話的 상황을 상정하고 있다. 시인이 보기에, '구름'은
건조한 것들을 비난하고, '마른나무'는 서서히 저기압에 가
까워간다. 그것은 흙에 뿌리를 내리고 살아온 야윈 '당신'처
럼, '마른나무'가 땀방울과 눈물의 시간을 온축한 채 수척한
몸으로 서 있기 때문이다. 시인은 그 통증에 "어제의 눈과 비
의 유전자가 흐르고" 있다고 상상하면서, "뼈만 남은 사람"
이 저기압에 가까운 나무로 화하는 순간을 상상하고 있다.
그러니까 시인 자신도 속까지 메말라가던 때를 회상하면서,
흙에 뿌리박고 살다가 야위어버린 '당신'의 눈썹 밑에 맺히
는 빗물로 존재하던 때를 선도鮮度 높게 복원해가는 것이 아
니겠는가. 이처럼 한명희 시인은 메마른 '당신/나무'의 상동
성相同性을 전제로 하여, '땀'과 '눈물'의 세월 아래 흘러가는
시간의 흔적들을 돌아본다. 말하자면 "어둠 속에서 아직까
지 흔들리고만 있는"(『차가운 밤의 증식』) 시선으로 여전히 "꿈
인 듯 생시인 듯 생시인 듯 꿈인 듯"(『가나안』)하는 시적 순간
을 통해 '저기압'을 뚫고 솟아오르고 있는 것이다.
　사실 우리가 지각할 수 있는 시간(성)의 징후는 한동안 그
것이 사물들을 규율하다가 사라져가는 곳에서 생겨난다. 하

지만 한편으로 이러한 소멸의 형식은 또 다른 차원의 존재론적 생성을 준비하는 단계이기도 할 것이다. 아니 모든 소멸의 내부에 역설적 생성의 기운이 충실하게 잉태되어 있다고 해도 틀린 말은 아닐 것이다. 이 모든 것이 우리가 그저 홀로 존재하는 단독자가 아니라, 무수한 생성과 소멸 과정을 통해 각인되는 상호 결속의 존재임을 알려준다. 한명희 시인은 그러한 자연 사물의 호혜적 의존 관계를 적극 수용해가고 있는 것이다. 다음으로 '벌초' 장면을 한 번 읽어보자.

> 채송화 돋는 싹에서도
> 어미 품을 찾던 병아리 발자국이 생각나고
> 고사리 목이 긴 새순에서도
> 엄마 쪽진 머리 비녀 생각이 나
> 시를 쓰고 밤새
> 잠을 설친다는 놈이
> 제 아비 산소에 핀 꿀풀과 별꽃과 닭의장풀
> 바랭이에 땅빈대 제비꽃과 냉이꽃 개망초
> 달맞이꽃 씀바귀 쇠비름 며느리밑씻개
> …… 애기똥풀 양지꽃
>
> 보이는 족족 호미로 파고
> 뿌리째 뽑고 있으니
> 병아리 같은 지 자식 손까지 빌려
> 쥐어뜯게 하고 있으니

글렀다 좋은 시 쓰기는 글렀다

해줄 것 없는 아비가 시 쓴다는 저를 위해
이 풀 저 풀 저 꽃 이 꽃
봉분에 계절階節에 키우고 피우고
기다린 줄도 모르니

─「벌초」 전문

벌초에 나선 시인은 "채송화 돋는 싹"에서 "어미 품을 찾던
병아리 발자국"을 떠올리고, "고사리 목이 긴 새순"에서는 "엄
마 쪽진 머리 비녀"를 환기해본다. 이러한 상호 의존적인 자
연 사물들끼리의 화응和應 과정은, 그 자체로 생태적이며 근
원적인 사유를 시인에게 가져다준다. 시인은 아버지 산소에
핀 "꿀풀과 별꽃과 닭의장풀/ 바랭이에 땅빈대 제비꽃과 냉이
꽃 개망초/ 달맞이꽃 씀바귀 쇠비름 며느리밑씻개/ …… 애기
똥풀 양지꽃"을 호명하는 과정에서 아버지를 진하게 회상해
보는데, 그것은 풀꽃들을 호미로 파고 뿌리째 뽑고 있는 자신
에 대한 성찰로 나아간다. 아닌 게 아니라 "좋은 시 쓰기는 글
렀다"라는 자성自省의 순간은, 아버지께서 "시 쓴다는 저를 위
해/ 이 풀 저 풀 저 꽃 이 꽃/ 봉분에 계절階節에 키우고 피우
고/ 기다린 줄"을 알게 해주는 차원으로 나아간다. 여기에는
한명희 시인만의 '시 쓰기'에 대한 자의식이 있고, "묘목 심어
생계를 꾸려가던 아버지가 그랬듯이/ 군데군데 옹이 박힌 나
무로 서서"(「오류동」) 살아가는 시인 자신의 본래적 상像이 펼쳐

져 있다. 아름다운 회상 장면에서 아버지의 사랑을 만나는 귀한 풍경이 심미적으로 포착된 것이다.

이러한 장면은 자연 사물들의 호혜적 상호연관성을 상상하고 표현하는 한명희 시인만의 사유와 감각이 가져온 결실일 것이다. 물론 이 같은 상호작용 형식은 더욱 다양한 확산과 심화가 가능한 고전적 작법에 속하는 것일 터이다. 하지만 분명한 것은 이러한 자연 사물에 대한 고전적 해석과 형상화 작업이 한명희 시에서 어느 정도 지속성을 가지고 펼쳐질 것인데 그 지속성이 단순하고 지루한 반복이 되지 않도록 한명희 시인은 성찰의 깊이와 표현의 새로움을 지속적으로 추구하고 있다.

3.

우리는 서정시가 시인 자신의 예민하고도 섬세한 상상력을 통해 일상에 편재해 있는 폐허의 기운을 치유하고 새로운 소통 가능성을 꿈꾸는 예술 양식임을 알고 있다. 한명희 시인은 자연 사물과 시인 자신의 몸에서 일어나는 생명의 역동성을 파악해내는 방법에 의해 다양한 생성적 경험을 보여준다. 물론 그의 시편은 생성의 활력뿐만 아니라 소멸의 양상까지 암시하는 복합성의 세계를 견지한다. 이는 비유컨대 새벽녘의 밝음을 담는 것도 필요하지만, 저물녘의 어둑함을 그려내는 것도 서정시의 몫임을 선명하게 말해주는 것이다. 한명희 시는 그렇게 세상의 표면에서 역동적으로 펼쳐지는 속

도전 대신에, 사라져가는 존재자들의 아름다움을 담아냄으로써 근원적 존재를 향한 경이로운 발견 과정을 산뜻하게 보여주고 있다.

등을 사랑한다

누군가의 회초리보다 눈초리가 더 두려운 세상에서

실제보다 더 많이 등을 보였고 실제보다 더 많은 등을 만났으며 같은 등을 구부려 매번 같은 인사를 하는 나는

등 돌리고 간 등이 좋아하던 풀밭이나 바람의 부드러운 등
에 기대오는 꽃향기보다
불쑥 내민 명함 한 장으로 나를 기대게 하던 등처럼 핏빛으
로 물든 스테이크나 와인 같은 포만감을 좋아하고
황금의 촛대와 호피를 걸친 말등을 좋아한다

해가 뜨고 또 해가 떠도
눈앞이 캄캄하던 집에서 등짐이자 등불이었던 나는

60년을 울어도, 울어도 멈추지 않는 이산離散의 아픔 속에
서도 자식들 발등에 떨어진 불을 끄느라 눈만 뜨면 어물전으
로 달려가던 새우등을 사랑하고 결국은 서로의 등에 총부리
나 겨눌 나라를 위하여 가족을 등진 채 38선 어디선가 개죽

임 당한 아버지

그 기억에도 없는 묏등을 사무치게 미워하면서도 사랑한다

비단옷에 등을 대고 사는 지금까지도

—「등」 전문

시인은 '등'을 사랑한다고 한마디로 일갈한다. 여기서 '등'
이란 존재의 뒷모습이 아니던가? 누군가의 시선이 두려운 세
상에서 자신이 숱하게 보인 '등'과, 실제보다 더 많이 만난 '등'
과, 등을 구부려 매번 같은 인사를 한 시간을 시인은 떠올려
본다. 그리고는 눈앞이 캄캄하던 집에서 '등짐'이자 '등불'이었
던 자신을 회상한다. 여기서 '등짐'이란 삶의 빚이요 '등불'이
란 삶의 빛인 셈이니, 이 '빚/빛'의 이중성으로 시인은 "60년을
울어도, 울어도 멈추지 않는 이산離散의 아픔"을 향해 달려가
신 아버지를 떠올려보는 것이다. 아련한 기억 속으로 사라져
간 아버지라는 '묏등'을 한편 미워하고 한편 사랑하면서 시인
은 '등'의 여러 함의를 가장 근원적 존재로서의 아버지로 초점
화해간다. 나아가 "비단옷에 등을 대고 사는 지금"에서 돌아
보는 '등짐/등불'로서의 자신의 삶을 그려간다. 그 시간이야말
로 "꽃들이 어둠과 빛으로 양분되는 사이"(「듀얼 타임」)에 펼쳐
진 시적 순간이었는지도 모른다.

눈은 왜 늘 그늘 섞인 구름을 통해서만 저를 드러내는지
태양을 등지고 간 사람처럼

언 몸으로만 나를 만지게 하는지, 느끼고 젖게 하는지

지나치던 바람 대신 갈대가 운다 실직당한 어느 가장처럼
들릴 듯 말듯
몇 올 남지 않은 머리칼을 휘저으며

흘러가기를 멈춘 물속에서
오돌오돌 떨고 있는 너를, 보고 있는 얼굴
시커먼 나를 보면서

우는 갈대는 순하게 흘러가지 못한 누군가의 수군거림
또는 죽은 자의 노래일지 모른다
문득 쫓기듯 머물다 간 계절들, 생각만으로도 가슴이 먹
먹해지는

겨울 無心川, 그저 무심하게 흘러가라는 말씀인지
그냥 생각 없이 앉아 있다
눈이나 실컷 맞다 가라는 동사動詞인지

사납게 내리는 눈은 이제
허공에 길을 내다 쓰러진 갈대까지도 볼 수 없게
지우고 또 지우는데

저기 어둠처럼 내려앉는

철새들의 하늘길은 또 어쩌자는 것인지

— 「먹구름―겨울 무심천」 전문

　　청주 무심천에 드리운 먹구름을 제재로 한 이 시편은, 그늘 섞인 구름을 통해서만 자신을 드러내는 '눈'이 시인으로 하여금 느끼고 젖게 하는 과정을 노래한다. 마치 실직당한 가장처럼 갈대가 흐느끼는 곳에서, 시인은 갈대가 우는 것이 마치순하게 흘러가지 못한 누군가의 수군거림이고 "죽은 자의 노래"라고 상상한다. 이러한 무심천 풍경은 그 자체로 '無心'의 형상적 반영이어서, 시인은 "생각만으로도 가슴이 먹먹해지는// 겨울 無心川"을 통해 무심하게 흘러가라는 누군가의 말씀을 듣게 된다. 드디어 사납게 퍼붓는 눈보라를 통해 시인은갈대마저 쓰러져버린 곳에서 어둠처럼 내려앉는 철새들의 하늘길을 바라본다. 가령 그것은 "얼마나 많은 낮과 밤을 품고풀어야/ 살얼음 낀 들녘을 순하게 흘러갈 수 있는지"(「아침을먹는 저녁」)에 대한 강한 의문과 "허공에 탯줄을 걸고 하루에도몇 번씩/ 추위에 떨어야만 하는"(「다시 오류동」) 실존에 대한 강한 신뢰를 이중적으로 반영하고 있는 셈이다.

　　이처럼 한명희의 시는 한편으로 존재자의 굽은 '등'을 통해삶의 신산한 바닥까지 내려가기도 하고, '무심천'으로 상징되는 마음의 흐름에 참여함으로써 시인 자신의 경험에 새로운 해석적 탄력을 부여하기도 한다. 물론 이러한 감각과 사유는, 일관된 지속성을 가지고 시인의 삶을 규율한다기보다는, 삶의 관성에 순간적 충격을 가함으로써 우리로 하여금 반성적 시선을 가지게 하는 작용을 한다. 이것이 한명희 시의 절실한 존재 의미일 것이다. 그래서 우리는 한명희 시의 세목을 통해 그가 꿈꾸는 정신적 바닥과 고처高處를 동시에 만나보면서, 때로는 '등'으로 때로는 '눈'으로 상징화하는 상황을 바라보게 된다. 그것이 바로 서정시의 성찰적 힘이 가지는 의미일 것이다.

4.

우리가 잘 알듯이, 서정시가 견지하는 시간 탐구의 내밀한 속성은, 시인들로 하여금 시적 경험으로서의 '기억'과 '꿈'을 가지게끔 해준다. 이때 서정시는 우리를 어떤 존재론적 기원으로 안내하고 결국은 궁극의 본향으로 데려다준다. 우리는 한명희 시편이 구축하는 심미적 형상 가운데 하나가 바로 이러한 '시간(성)'의 문제라는 데 상도想到하면서, 지난날을 반추해가는 시인의 모습을 발견하게 된다. 물론 이러한 반추 과정은 진정성 있는 자기표현을 통해서만 그 가치가 드러나게 마련이다. 그래서 성찰의 깊이와 표현의 진정성이 결속할 때 그의 시를 읽는 공감은 커져갈 수밖에 없다. 한명희 시편에는 이러한 진정성에 바탕을 둔 자기 기원(origin)에 대한 기억이 농울치고 있는데, 특별히 그는 충일한 지난날의 시간을 되돌리면서 아름다운 기억의 원리를 보여주는 특성을 일관되게 견지한다. 다음 시편은 그러한 기억이 얼마나 선연한 것인가를 뚜렷하게 보여준다.

바다 위로 모래들이 쌓인다, 출렁이는 무덤
아니 사막이다

벼랑과 벼랑으로 이어진 해변에서
출렁이던 바다가 목선을 물어뜯는 백상아리로 다가올 때

누구의 사막일까, 엄마를 잃어버린 아이는
두껍아 두껍아 새집 줄 게 헌 집 다오. 노래를 부르다 잠
든다

꿈에서라도 헌 집으로 가고 싶어서

갈매기도 울까, 날까, 벼랑을 끼고 도는 바람을 타고
새집 찾아 목선을 탔던 아버지는 보이지 않고 오늘도

아이의 엄마는 구명줄을 붙들고 통곡하던 여자와
술 마시는 여자로나 울컥울컥 나타났다 다시 사라지는데

사막을 달구던 태양도 그만
피눈물을 보이며 제 쉴 곳으로 가려 하는데

또다시 모래들이 쌓인다
幼年인지 流年인지 착각처럼 찍히는 사진 속에서

어른이 된 아이는 아직도 헌 집을 찾아가고 있는데

　　　　　　　　　　　　　　　　　　—「사막」 전문

　한명희 시인은 '사막'이라는 공간을 천천히 사색하며 걷거
나, 고통의 공간으로 비유하여 거기로부터의 초월적 탐색을
수행하지 않는다. 다만 '사막'의 물질성을 감각적으로 재현
하면서 궁극적인 자기 성찰을 도모해간다. 시인은 바다 위
로 쌓여가는 모래들이 "출렁이는 무덤"인 '사막'을 이루고 있
음을 본다. 왜 '사막'은 출렁이는 무덤일까? 그것은 벼랑과
벼랑으로 이어진 '출렁이던 바다'가 원상原像을 이루고 있기
때문이다. 시인은 그 출렁이는 바다를 두고 엄마를 잃어버
린 아이가 부르는 유년 시절의 동요를 연상해낸다. '헌 집/
새집'의 욕망을 표현하던 그 노래를 통해 시인은 "새집 찾아
목선을 탔던 아버지"를 떠올리게 되고, "사막을 달구던 태
양도 그만/ 피눈물을 보이며 제 쉴 곳으로 가려"는 욕망을
새삼 톺아 올리게 된다. 이렇게 모든 존재자들의 흔적이 소
멸해가는 사막에서 시인은 "幼年인지 流年인지 착각처럼 찍
히는 사진"을 통해 아직도 사막을 떠도는 자신의 실존적 기
원을 탐색해간다. "심장이 우는 밤"(『모래의 증식』) 내내 자신
의 가슴을 붙잡고 "곁가지가 되어 그늘만 키우던"(『곁가지로
앉아』) 시간에 대한 회억回憶이 거기 아득하게 펼쳐져 있다.
　사실 한 편의 서정시에서 '유년(幼年/流年)'과 '고향'은 기억
의 원형을 형성한다. 대개 '유년'이 시간적 차원의 원형이라
면, '고향'은 공간적 차원의 원형을 이룬다. 그래서 시적 언어

는 '유년'과 '고향'이 겹쳐 있는 어떤 인상적인 풍경이나 장면
을 향하고, 그것을 '기억'의 시학으로 재현하곤 한다.

> 바람 탓만은 아니리
>
> 쓰러졌다 일어서기를 반복하는 것은
>
> 가릴 것도 덮을 것도 없는
>
> 다리 밑 먼지와
>
> 쇠파리뿐인 삶이라도 그래도 살아는 가야겠기에
>
> 자꾸만 주저앉으려는 저를
>
> 일으켜 세우려 안간힘 쓰고 있는 것이리
>
> 저렇게 산책 나온 발에 채이고 짓밟혀도
>
> 꽃대 부러지고 날카로운
>
> 잎은 찢겨 낮게 신음 같은 소리를 내도
>
> 어서어서 이 상처뿐인 시간이 지나가기를
>
> 이름 모를 잡초와 같이
>
> 기다리고 있는 것이리 씨 맺고 퍼뜨릴 때까지
>
> 비가 오면 비를 맞고
>
> 별이 뜨면 별을 보며
>
> 해가 반짝,
>
> 저를 찾아오는 꿈도 꾸고 있는 것이리
>
> ─「스무 살 갈대」 전문

　　이 시편에서 한명희 시인은 스무 살 적 기억을 자신의 존재
론적 기원으로 회상하고 있다. 시인은 자신의 견고한 내면에

서 출렁이는 기억을 따라 '갈대'가 "쓰러졌다 일어서기를 반복하는 것"에 대해 생각한다. "가릴 것도 덮을 것도 없는" 갈대의 생애는 그렇게 시인 스스로 일으켜 세우려 안간힘 쓰던 자신의 기억과 고스란히 겹쳐진다. "꽃대 부러지고 날카로운/ 잎"이 찢겨지면서 내는 신음 소리는 "상처뿐인 시간이 지나가기를" 바라는 마음을 담아낸다. 그렇게 스무 살의 갈대는 "씨 맺고 퍼뜨릴 때까지/ 비가 오면 비를 맞고/ 별이 뜨면 별을 보며/ 해가 반짝" 찾아올 때까지 기다리고 있을 뿐이다.

이처럼 한명희 시인은 서정시가 구현하는 시간예술로서의 속성을 한껏 충족하면서, 기억을 통해 인간의 가장 깊고 오래된 근원을 유추하고 있다. 나아가 기억이라는 것이 서정시의 오랜 핵심적 기율이라는 점을 선명하게 입증해간다. 또한 시인은 이러한 기억을 통해 자신을 가능케 한 존재론적 자기 기원을 깊게 사유하고 탐색해간다. 그래서 우리는 시인이 반성적인 거울로 시를 써가는 존재임을 천천히 알아가게 되는 것이다.

5.

한명희 시인이 보여준 성찰과 기억의 방식, 그리움과 따뜻함을 주조로 하는 중용의 언어는 많은 이들을 정서적으로 위무慰撫하는 데 기여할 것이다. 또한 이러한 세계는 복잡한 사회 현실에 대한 저항적 측면도 크다. 그래서 그가 던지는 언어는 공명이 남다르고 그것을 읽는 독자들을 편안하게 인도

135

해간다. 그것은 우리에게 '꿈'이기도 하고, 간절한 '현실'이기도 할 것이다. 이렇듯 한명희 시편은 지난 시간의 흐름 속으로 들어가 선연한 흔적들과 청량감 있게 만나간다. 어떤 존재론적 기원과 하나가 되는 이 확연한 느낌은, 시간(성) 자체를 사유하고 투시하는 한명희만의 유력한 시적 장치이자 방법론일 것이다.

결국 한명희 시편은 이러한 작업들을 적극 수행하면서 시적 언어의 투명성과 중층성을 동시에 꾀해간다. 그 흐름 사이로 발견하는 존재론적 기원을 통해 시인은 자기 자신을 탐구하고, 그 보여줌과 감춤의 반복과 교차를 통해 시간(성)의 깊이를 암시해간다. 따라서 그 시간의 흐름에 상상적으로 동참하는 것이 우리가 그의 시편을 읽는 일이 되는 셈이다. 그때 우리는 시간의 불가역성 안에 살아가면서도 시인의 재현 작용을 통해 이른바 '충만한 현재형'을 구성하는 경험을 치르게 되는 것이다. 또한 견고한 내면에 출렁이는 서정의 위의威儀를 만나고, 가장 심원한 차원의 시적 형상에 가닿을 수 있게 되는 것이다.